PARALELLES

DE CESAR, ET

DE HENRY

LE GRAND.

A PARIS,

Chez TOVSSAINCT DV BRAY, ruë S. Iacques,
aux Eſpics meurs, & en ſa boutique au Palais,
en la gallerie des Priſonniers.

M. D. C. XV.

AVEC PRIVILEGE DV ROY.

PARALELLES

DE CESAR, ET DE

HENRY LE GRAND.

NTRE tant de grands Chefs, & de
   Princes diuers,
Dont le nom Immortel volle par l'Vni-
   uers,
On n'en vit iamais deux si grands & si
   semblables,
Que Cesar & Henry, deux vainqueurs indontables ;
Tellement qu'on pourroit comme d'vn mesme cours,
De Cesar, & Henry former mesme discours,
Ayants eu mesme entrée, & mesme issuë en Terre
Mesme hôneur, mesme gloire, & mesme ardeur en guerre
Cesar par ses vertus esgalla son bon-heur ;
Henry de tous les Roys surmonta la valleur.
Cesar fit en son temps des choses nompareilles ;
Et les faits de Henry sont autant de merueilles.
Cesar fut ordonne des Cieux, & du Destin
Pour former vn Estat qui n'auroit point de fin.

Henry fut preſerué par le ſort fauorable
Pour regir cét Empire à iamais perdurable.
Ceſar vint d'Eneas, & des Rois Martiens,
Henry vint d'Enecus, & des Princes Troyens.
Ceſar naſquit a Romme entre les ſept montagnes
Alors que les Rommains rauageoyent leurs campagnes.
Et Henry priſt naiſſance au pied des monts affreux
Alors qu'on projettoit les guerres & les feux.
Ceſar dés le berceau vit faire la pratique
Qui changea tout l'eſtat de la choſe publique,
Et Henry vit former le deſſein des François
Qui voulurent changer leur Eſtat & leurs Rois.
Ceſar fut façonné dés ſon Adoleſcence
Par ceux dont le party eſtablit ſa puiſſance,
Et Henry par ſes Rois dont la proximité
Luy deuoit quelque iour laiſſer l'authorité.
Ceſar fut endurcy dés ſa premiere enfance,
A porter tous trauaux ſans nulle impatience;
Henry fut eſleué comme vn ſimple Soldat,
Et comme vn grand Guerrier qu'on deſtine au combat.
Au milieu des perils, du meurtre, & du naufrage;
C'eſtoit lors que Ceſar monſtroit plus de courage.
Les dangers, les trauaux, & les actes guerriers
Ont eſté de Henry les eſbas couſtumiers.
Auſſi nuls accidens des choſes incertaines
N'effrayerent iamais ces deux grands Cappitaines.
Tous deux dans les ardeurs des partis differents
Virent bien-toſt mourir leurs plus proches parents.

Ceſar

Cesar voyant par tout sa faction destruitte
Deuers la Bithinie aussi-tost prist la fuitte ;
Et Henry cognoissant ses amis ruinez,
Se retira soudain vers les monts Pyrenez.
Cesar de deux prisons desengagea sa vie,
Henry sa liberté qu'on auoit asseruie.
Les parens de Cesar, leurs amis, leurs soldats
Furent tous déconfis en quatre grands combats,
Et rien ne feust resté d'vne telle puissance
S'il n'eust lors releué leur premiere esperance.
Henry vit ses parens quatre fois combattus,
Sa maison presqu'à bas, ses amis abattus,
Et ne feust rien resté au sang n'y au merite,
Si de ce grand Empire il n'eust pris la conduitte.
Vn Cesar, vn Henry, maintesfois ont remis
Vn Camp que l'on croyoit vaincu des ennemis,
Ont arraché des poings les Enseignes, les Targes,
Les Picques des soldats qui s'enfuyoyent des charges.
Pour les encourager : & d'vn bras furieux,
Renuerser l'ennemy presque victorieux.
Cesar n'estant encor qu'en son adolescence
Fut nommé Chef de part auec toutte puissance,
Henry fut d'vn party general recongnu
Bien qu'il ne feust encore a vingt ans paruenu.
Cesar vit son beau fils, son fils & leurs armees,
Contre luy se liguer, a sa perte animées ;
Henry vit contre luy ses Cousins alliez,
Auec sa Belle mere, & son Oncle liez.

Les femmes, les ingrats, l'ambition, l'enuie,
Despoüillerent Cesar de puissance, & de vie;
Les nopces, les ingrats, l'ambition, l'orgueil
Mirent la France en pleurs, & Henry au cercueil.
Dans l'Espagne Cesar desmesla plus d'affaires
Qu'il n'en eut auec tous ses autres aduersaires;
Et tousiours eut Henry ces peuples dépitez
Contre luy, & la France ardamment irritez.
L'ambition des grands, leur haine, & leur pratique
Mirent contre Cesar toutte la Republique,
Henry vit contre luy son Roy mesme offensé
Par la ligue des grands dont il fut trauersé.
Cesar en mesprisant touttes les choses vaines,
Posseda des honneurs, & des grandeurs certaines,
Et Henry rejetta tous offres de grandeur
Plustost que d'offenser son ame & son honneur.
En personne Cesar fut tousiours redoutable,
Mais les siens quelquesfois ont fait perte notable,
Et Henry a tousiours ses ennemis domptez,
Mais quelquesfois les siens ont esté surmontez:
Cesar dressa luy-mesme vn vaillant Cappitaine
Qui luy porta sans cause vne Immortelle haine;
Henry pareillement vn guerrier valleureux
Qui par ambition se rendit mal-heureux.
Vn Cesar, vn Henry, ioignirent la prudence,
Et l'extreme valeur, auec la dilligence.
Cesar aux ennemis offroit tousiours la Pais,
A personne Henry, n'en refusa iamais.

Cesar par ses Vertus eut le peuple propice
Henry gaigna le cœur de son Roy par seruice.
Cesar fit reparer d'vn incroyable soin
Les Ponts & les pauez qui en auoient besoin ;
Et Henry fist refaire auec magnificence ,
Tous les Ponts, les pauez, & les chemins de France.
Authun, Chartres, Beauuais, se voulans reünir,
Mirent les armes bas voyans Cesar venir ;
Nantes, Blauet, Sedan, le reste des alarmes,
Voyans marcher Henry, eurent recours aux larmes.
De Bourges, d'Alexie, & d'Vxelodunom,
Cesar tira son los, sa gloire, & son renom.
Les sieges d'Amiens, Chartres, Lan, Dreux, la Fere,
Rendirent de Henry la fortune prospere.
Ny Henry, ny Cesar, estant hors du danger
Ne monstrerent iamais desir de se vanger.
Les combats de Pharsalle, Egipte, Tapse, & Munde,
Aquirent a Cesar le Triumphe du Monde,
D'Arques, Coutras, Saueuze, & d'Yury les explois
Aquirent a Henry les courages François.
Cesar rendit les biens , les honneurs & la vie
A ceux qui trop ingrats ont la sienne rauie ;
Et Henry s'efforça d'obliger par bienfaits,
Plusieurs qui enuioyent la gloire de ses faits.
Pharnasses estimant que la Guerre d'Egipte
Seroit plus perilleuse, & de plus longue suitte,
Arma de tous costez, desfist des legions,
Surprist la Capadoce, & d'autres regions ;

Mais au lieu qu'il penſoit ioindre la Bithinie,
Et le païs du Pont auecques l'Armenie,
Ceſar en vn moment vint, battailla, vainquit,
Et cét Empire vain en ſix iours reconquit.
Emanuel croyant que les troubles de France
Luy donneroyent moyen d'vſurper la Prouence,
Surprend le Marquiſat, eſpere au Dauphiné,
Et de ſe voir bientoſt vn grand Roy couronné :
Or la paix eſtant faitte, & vſant d'artifice
Pour retenir l'autruy ſans forme de Iuſtice,
En vn moment Henry vint, aſſiegea, vainquit,
Et toute la Sauoye en deux mois il conquit.
Auſſi qui veut ſçauoir le meſtier de la guerre,
Marcher, loger, camper, ſe retrancher dans terre,
Se deffendre, attaquer, s'adextrir aux combats,
S'aprocher pied a pied, policer des Soldats,
Fatiguer l'ennemy, par veilles, par allarmes,
Par la faim, par la ſoif, par fineſſe, & par armes,
Qu'il ſoit ainſi que fut le premier des Ceſars,
Inuincible à la peine, intrepide aux hazars,
Qu'il ſuiue ſes deſſains & ſes ruzes de guerre,
Ses paſſages du Rhin, ſes traiets d'Angleterre,
De Ruſpine, & d'Hebro : ſes temporiſemens,
Ses combats Germanicz, & ſes retranchemens ;
D'Aine, Sembre, Tournay, Boſleduc, Therouanes,
D'Aſparague, d'Apſus, de Marſeilles, de Vanes,
De Bourges, d'Alexie, & de Corfiniom,
De Brunduze, Duras, d'Ategue, d'Vrſdom.

Du Phare, & du Delta ; sa descente à Pharsalle
Ses traittes, ses logis, pour entrer en Thessalle ;
Ou bien qu'il se conforme a nostre dernier Roy,
Qu'il suiue ses projets , qu'il imite sa foy,
Ses resolutions en touttes entreprises,
Ses vertus, ses labeurs, ses ruzes, ses surprises.
De Broüage, Cahors, Niort, Saint Millon,
Deoze, Bourg, Louuiers, Corbie, & Argenton,
Ses trajets de Garonne, Isle, Rosne, & Dourdongne,
Ses combas de Saint Seine, & d'Arnay en Bourgongne,
De Chelles, de Bondis, d'Aumalle, Pontarcy,
D'Iepe, Caudebec, & d'Iuetot aussy,
Ses secours a propos, ses heureuses retraittes,
Bref soit imitateur des choses qu'ils ont faittes.
Car Cesar & Henry ont liuré plus d'assaux,
Rendu plus de combats, porté plus de trauaux,
Deffait plus d'ennemis, passé plus de nauffrages,
Assiegé plus de forts, accomply plus d'ouurages,
Et monstré plus d'esprit que Prince ny Soldat,
Qui s'entremist iamais d'assaut, ny de combat.
Et qui voudroit marquer les campemens, les armes,
Les grands retranchemens, les sieges, les alarmes,
Que firent autresfois ces deux fameux guerriers,
Il en faudroit former des volumes entiers,
Ne s'estant passé iour durant maintes années,
Sans auoir aux combas leurs Cohortes menées.
Cesar ayant desfaict assez de nations,
Surmonté d'Empereurs, vaincu de Legions,

C

Essayoit d'esleuer l'oliue plantureuse
Et de rendre soubs luy sa Monarchie heureuse,
Henry ayant vaincu tant de braues Soldats,
Remporté tant d'honneur en tant de grands combats.
Desiroit d'establir par tout l'agriculture,
Faire fleurir les Arts, & la manufacture,
Mais les Destins cruels, apres tant de hazars,
D'vne tragique fin rauirent ces deux Mars.
Au temps que les Rommains donnerent la puissance
A Cesar, pour regir & gouuerner la France,
Elle estoit diuisée en plusieurs nations,
Autant d'estats formez, autant d'opinions,
On ne voyoit Païs, Ville, Cité, Prouince
Qui n'eust sa Republique, ou son Roy, ou son Prince,
Mesmes les estrangers venoyent de touttes pars,
Affin de la d'estruire, & d'en faire des parts :
Si bien qu'il fut reduit en commençant sa guerre,
A retrancher son camp, a se loger dans terre,
Pour recongnoistre mieux la force, & les desseins,
De tant de nations, & Suisses, & Germains,
Qu'il desfist tost apres auec tel aduantage
Qu'ils perdirent l'espoir, la force, & le courage.
Lors que Henry le Grand, la merueille des Rois,
Fut establly du Ciel sur l'Empire François,
Tout estoit reuolté, l'estat mis en partage,
L'on ne voyoit qu'horreur, cendre, sang, & pillage,
Mesmes les estrangers bastissans sur sa mort,
Iettoyent le peuple en proye, & la couronne au sort,

Et ny auoit endroit, Cité, ny Ville en France,
Qui n'eust de ses Tirans esprouué l'arrogance ;
Tellement que Henry dés ces commancemens,
Fut contraint de camper dans des retranchemens,
Pour euiter l'effort de ces grandes armées
Qu'à sa destruction il voyoit animées ,
Mais ayant fait sentir a leur camp sa valeur,
Dispersé leurs Soldats, mis Paris en frayeur,
Il courut comme vn foudre en quatre ou cinq Prouinces,
Prendre Villes, Chasteaux, & en chasser les Princes,
A tant d'euenemens, & de prosperitez,
A tant de bons succez cy dessus recitez,
De ces deux grands Heros les mœurs incomparables,
Les hazards, les trauaux, les vertus admirables,
Seulles y ont eu part, mais aux effets suiuans
Les faueurs de fortune, & les Destins puissans,
Y sont interuenus , pour calmer tant d'orages,
Appaiser tant d'espris, changer tant de courages,
Les porter a l'enuy pour estre des premiers
Qui auroyent recongneu ces genereux guerriers ;
Car Cesar adjoignant a ses vertus aimables,
Tant de submissions, & d'offres raisonnables,
Aquist en fin les cœurs des peuples des Citez
Qu'on estimoit auoir a sa perte excitez,
Si bien qu'on vit soudain, Gaulle, Corse, Sardaigne,
Italie, & Cicille arborer son Enseigne,
Et reclamer son nom touttes les Legions,
Municipes, Bourgeois, Tribuns, Decurions,

Des Villes d'Arezo, Singulum & Ancone,
Riminy, Pezaro, Calaris, Tarracone,
Nocerre, Sulmona, Auxime, Tignium,
Albano, Ascoly, Romme, Corsinium,
Orchomene, Agubo, Antioche, Venouze,
Naupacte, Callora, Amathie & Canouze,
Rhodes, Thebes, Zama, Tharse, Orique, Calis,
Cordube, Vallona, Callidon, Hispalis,
Brunduze, Camerin, Huesca, Terracine,
Delphes, Langres, Authun, Metaponte, & Messine,
Et vne infinité d'autres peuples diuers
Qui prisoyent ses vertus plus que tout l'Vniuers;
Ayant aussi Henry fait gouster a la France
Les solides raisons de sa iuste deffance,
L'indubitable droit de ses pretentions,
Et la benignité de ses conditions,
Soudain on vit fleschir Champagne, Picardie,
Prouence, Lionnois, Languedoc, Normandie,
Se ietter a l'enuy deuant luy a genous
Les Maires, Escheuins, Consuls, & Capitous
De Paris, Orleans, Roüan, Chaallons, Auxerre,
Bourges, Meaux, Perigueux, Dijon, Thoulouze, Berre,
Abbeuille, Amiens, Rheins, le Haure, Monstreuil,
Blayë, Vannes, Soissons, Rion, Cambray, Verneuil,
Poictiers, Arles, Valance, Alby, Rhodez, Narbonne,
Marseille, Agen, Blauet, Vienne, Carcassonne,
Beauuais, Nantes, Dinan, Sens, Marmande, Lion,
Troye, Aix, Saintflour, le Puy, Pierrefonds, & Noyon,

Or

Or Cesar & Henry s'estans rendus en terre
Deux Alcides seconds, deux foudres de la guerre,
Esleuerent encor tant d'hommes genereux,
Tant de braues Soldats, & de Chefs valleureux,
Que l'on peut iustement adiouster à leur gloire
Ce qui fut fait soubs eux plus digne de memoire,
Par Sergius Galba, sur les Veragriens,
Et par Montgommery sur les Orthesiens,
Sur Induciomar vaincu par Labiene,
A Luçon par deux Chefs, la Noüe & Saint Estiene,
Par Titure Sabin contre ceux de Roüan,
En Poictou aux assaux soustenus par Rohan,
Par le Ieune Crassus combattant les Vocomtes,
Sur le mesme païs par les quatre Vicomtes,
Par Labiene encor sur Paris, & Melun,
Sur Gorde à Castillon par Bonnes & Montbrun,
Par Trebon assiegeant la ville de Marseilles,
Par Roesse à Liuron où il fit des merueilles,
Par Marcus Messala qui fit tousiours des mieux,
Par Soissons à Coutras, le Perche, & autres lieux.
Par Fussius sauuant plusieurs trouppes défaittes,
Par Colligny qui fit de si braues retraittes,
Par Piso qui seruit en tous perils Cesar,
Par d'Ornano courant pour Henry maint hazar.
Par Pulfie & Varan aux armes admirables,
Par Rosny signalé de playes honorables,
Par Sallone assiegé qui s'acquist tant de los,
Par Bellegar de aussi dans Quillebœuf enclos,

D

Par Sitius qui prit Cyrthe & mainte autre ville,
En divers beaux combats rendus par Longueuille,
Par Curion de sang & de sueurs trempé,
Vainqueur & non vaincu, s'il n'eust esté trompé,
Par Condé grand guerrier, & vray foudre de guerre,
A Dreux, & à Iarnac, pris, meurtry, mis en terre,
Par Crastin à Pharsalle où il eut tant d'honneur,
Par d'Andelot, par tout, le Chevallier sans peur,
Par Sulpice à Chaalons conservant la Prouince,
Par Neuers qui maintint la Champagne à son Prince,
Par Fabie & Canin sur les Luctoriens,
Par la Vallette aussi sur les Sauoysiens,
Par Vallere & Brutus qui prirent plusieurs Villes,
Par Chambaut, Chastillon, la Force, Viuans, Pilles,
Par Ciceron pressant de Cesar le retour,
A Thoulouze & à Mende aussi par Vantadour,
Par le Ieune Silla contre le grand Pompée,
Par Lesdiguieres, lors qu'il défit Amedée,
Encor par Fabius contre les Poicteuins,
Et Dumnaque leur Chef auec ses Angeuins,
Par Bouillon prés Beaumont contre le Sieur d'Amblize,
Par Curton lors qu'il fit à Randan quitter prise,
Par Euphanor sur mer en son premier bon-heur,
Par Themines battant Ioyeuse à Villemeur,
Par Sabinus encor inuesty dans le Perche,
Par la Rochepofay lors qu'il vainquit la Guierche,
Par Mitridate estant contre l'Egyptien,
Par Crequy & Pasquiers sur le Sauoysien,

Par Carfulenius au camp de Ptolomée,
Par d'Aumont fur Mercœur, Domjoan, & leur armée,
Par Anthoine & Pifo en cent occafions,
Où ils firent merueille auec les Legions,
Par Biron en cent lieux contre les aduerfaires,
Sur Farnefe & Ferie, & Dompietre & Contreres,
Par Cornificius de Cefar le Quefteur,
Par Marcus Lepidus qui le fit Dictateur
Lefquels en plufieurs lieux monstrerent leurs prouëffes,
Acquirent à Cefar tant de grandes richeffes,
Tant d'armes, de Citez, & de prouifions,
Que chacun redoubtoit luy & fes Legions,
Sur les Sauoyfiens, par Rofny, Lefdiguieres,
Qui prinrent Montmeillan, S. Michel, Charbonnieres,
Conflans, & Miolans. Et par Sully encor,
Lors qu'il acquift au Roy, tant d'armes & tant d'Or,
De poudres, de Canons, & de viures en France,
Que chacun admiroit vne telle abondance,
Et l'efprit de Henry plein de prudence & d'heur
Qui fceut fi bien choifir vn fi bon feruiteur.
De l'Empire Rommain les vaftes eftenduës,
Du peuple, & du Senat les haines continuës,
Efleuerent autant de Rois en leur Cité
Qu'ils en auoient ailleurs priué de Royauté,
Et n'eftant au pouuoir d'vne tourbe ciuille,
De changer tant de Mars en des Bourgeois de Ville,
Le Ciel voullut former par vn foin Paternel
D'vn populas confus vn Empire Eternel,

Choisissant au milieu de tous ces Cappitaines
Du plus grand des Guerriers les Vertus Souueraines,
Qui comme estant yssu de la race des Dieux
Meritoit que son nom s'esleuast iusqu'aux Cieux,
Les troubles de l'Estat, l'oisiueté, l'Enfance
Des Rois ayant laissé empieter la France,
Il n'y auoit moyen qu'vn Prince rejetté
Peust remettre l'Estat en son authoritté:
Parquoy le Ciel voullant d'vne telle anarchie,
Repurger des François la chere Monarchie,
Il choisit entre tous ces genereux Guerriers
Celuy qui meritoit d'auoir plus de lauriers,
Lequel extrait d'vn Roy que le Ciel fauorise,
Pouuoit seul paruenir à si haute entreprise.
Cesar ayant à soy tout l'Empire soubmis,
Flattoit ses Citoyens, caressoit ses amis,
Et mettant soubs le pied toutte aigreur de vangeance,
Faisoit du bien à tous, & à nul violance.
Henry ayant acquis l'Estat à sa valleur,
Caressoit les petits, aux grands faisoit honneur,
A tous les gens de bien estoit tousiours propice,
Rendoit esgallement à chacun la Iustice,
Et ne monstra iamais desir de se vanger
De ceux qui autresfois l'auroient pù outrager.
Cesar n'eut pas tousiours la fortune prospere,
Et Henry quelquesfois l'esprouua fort contraire:
Car il se presenta plusieurs occasions,
Où l'effet contredist à leurs affections.

Pres la Sembre, Cesar vit son fort au pillage,
Et Henry prés d'Heruaux perdit Camp, & bagage,
Cesar perdit Cotta, son Camp, & ses Soldats,
Henry prés de Baffac, son Oncle & les Combats,
Cesar deuant Clairmont, fut contraint quitter prise,
Henry laiffa Poiĉtiers pour vne autre entreprise,
Cesar vit contre luy les plus grands disposez,
Henry eut à son bien les Princes opposez,
Cesar fut par decret declaré aduersaire,
Et Henry eut la Court à ses desirs contraire.
Cesar fut des Rommains, & des Consuls prescrit,
Henry fut fulminé de Romme par escrit.
Romme contre Cesar banda la Republique,
Contre Henry dans Romme on fit mainte pratique,
Prés Gadis trois grands Chefs par leur ambition
Mirent eux & leur Camp en desolation,
Prés Dourlans par discord, par despit, par enuie,
Trois Chefs furent desfaits dont l'vn perdit la vie,
Prés de Nicopol y Caluinus fut desfaiĉt,
Par son impatience & son mauuais effeĉt;
A Craon par discord & mauuaise conduitte
Tout fut precipité, & le camp mis en fuitte.
Prés Bragade Cesar perdit ses legions,
Et Henry prés d'Auneau diuerses nations.
Cesar prés de Duras embraffant trop d'ouurage,
Preffant trop l'ennemy receut vn grand dommage,
Et Henry mesprisant de trop grands ennemis
Prés d'Aumalle faillit d'estre en ruine mis.

Domitius saisit & reuolta Marseille,
Arnantil d'Amiens eut fortune pareille.
Le dernier des combats où Cesar s'esprouua
Fut le plus perilleux que iamais il trouua,
Et Henry n'eut iamais de plus chaudes allarmes
Qu'au dernier des combats où il trempa ses armes.
Mais Cesar & Henry par ces aduersitez
Monstrerent qu'ils n'estoyent iamais espouuentez.
Cesar restablissant l'image, & la memoire
D'vn de ses ennemis il confirma sa gloire,
Et Henry effaçant les diffames d'autruy,
Esleua tout autant de loüanges pour luy,
Ainsi ces deux Cesars s'estans rendus propices,
A tous leurs Citoyens par tant de benefices;
Estimoyent les auoir tellement mesnagez
Qu'à leur propre salut ils seroyent obligez.
Mais tant plus leurs vertus recommandoyent leur vie
Tant plus les conjurez attisoyent leur enuie.
Cesar dont la prudence & la viuacité
Ne pouuoyent compatir auec l'oisiueté,
Ayant fait ressentir à chacun sa clemence,
Ses liberalitez, & sa magnificence,
Caresé le Senat, enrichy ses Soldats,
Appresté des festins, des ieux, & des Combats,
Desparty ses honneurs, esleué ses Trophées,
Triumphé tant de fois en si peu de Iournées,
Osté le souuenir des animositez,
Et imposé sillence aux cœurs plus irritez.

Sans s'arrester l'esprit aux querelles ciuilles,
Il forma pour desseins plus grands & plus vtilles,
De regler au Soleil le cours du Calendrier,
Retrancher le proffit que faisoit l'vsurier,
Abreger les longueurs des vaines plaidoyries,
Bastir vn Temple à Mars, dresser des Librairies,
Reformer tous excez, tous luxes, tous festins,
Reparer tous les Ponts, pauer les grands chemins,
Dessecher les Marais proches de Teracine,
Euacuer les eaux des Paluz de Fucine,
Et conjoindre les Mers en faisant retrancher
Les Istmes qui pouuoyent cet ouurage empescher,
Pour desseins de la guerre, adjouster à sa gloire
Des Parthes indomptez la finalle Victoire,
Affin de limiter sa domination
Du Fleuue Tanaïs vers le Septentrion,
Et deuers l'Orient du Palus Meotide,
Du Roch, & lac Caspien, & de la Mer Perside,
Si que bornant ainsi de Mers & de Rochers
Son Empire, il pensoit l'exempter de dangers,
Mais au lieu d'acquerir par tant de grands ouurages,
Et d'actes genereux, les cœurs, & les courages,
L'impatiente enuie & le despit mutin
Qui nourrissoyent les cœurs d'vn poison intestin,
Ne peurent supporter ses vertus nompareilles
Ny qu'au nom des Rommains il fist tant de merueilles.
Car vingt & trois mutins, furieux, enragez,
Qu'en vie, honneurs, & biens il auoit obligez.

Meurtrirent ce Monarque en publique audiance
Estant lors sans soupçon, sans armes, sans deffance ;
Aussi le Ciel vangeur de ce crime inhumain
Mist à sang & à feu tout l'Empire Rommain,
Fist couller des ruisseaux de sang parmy les villes,
Accabla l'Vniuers de discordes ciuilles,
Tellement que celluy qu'ils auoyent rejetté,
Fut apres comme vn Dieu d'vn chacun regretté.
Henry dont les vertus n'eurent point de pareilles,
Qui ne cessoit iamais de faire des merueilles,
Quoy qu'il eust restably la France en liberté,
Fait gouster à chacun son extréme bonté,
Comblé tous ses Estats de ieux & d'allegresses,
Distribué dehors & dedans ses richesses,
Fait florir la vertu, les armes, & les Lois,
Son renom Immortel la gloire des François,
Estaint le souuenir des malheurs de la France,
Et reduit tous partis à son obeissance,
Neaumoins conuié par l'opportunité,
Voulut pour actions dignes d'eternité,
Regler sur le Soleil les années suiuantes,
Moderer l'vsurier sur le proffit des rentes,
Abreger les longueurs dont l'on vse aux procez,
Moderer tous festins, tous luxes, tous excez,
Establir des Lecteurs, leuer des Librairies,
Reparer tous les Ponts, les pauez, les voiries,
D'essecher les Marais, euacuer les eaux,
Conioindre les deux Mers, faisant diuers ruisseaux,

Et

Et coupper Monts & Rocs, auec vn tel mesnage,
Qu'on auroit admiré l'inuenteur & l'ouurage,
Pour desseins de la guerre, il eust bien-tost fait voir,
Qu'auec la volonté il auoit le pouuoir,
De surmonter l'orgueil de ce grand aduersaire,
Dont l'estat a senty la hayne hereditaire,
D'incorporer en bref au Sceptre des François,
L'Empire & la Grandeur qu'il auoit autresfois,
Reduisant derechef les nations guerrieres,
Et d'Albis & d'Ister, ses antiques barrieres,
Esperant que l'honneur de tant de beaux projets,
Auquel estoit conjoint le bien de ses subjets,
Le repos, la grandeur, & la gloire de France,
Luy auroyent d'vn chacun acquis la bien-veillance,
Mais le sanglant dessein des Esprits infernaux,
Dont la premiere enuie engendra tous nos maux
Pousserent vn Demon qui rauit nostre gloire,
Meurtrissant ce grand Roy d'eternelle memoire,
Aussi le Tout-puissant comme iuste vangeur,
Des horribles forfaits, espandra sa fureur,
Tant sur les conjurez à ce sanglant desastre,
Que sur les vrais François dot les vrais Rois sont l'astre,
L'Ancille, & le Tison; En la fatallité,
Desquels seulle l'Estat treuue felicité,
Car Cesar & Henry auoyent de la Ieunesse,
Et de la force encor pour joindre à leur prouesse,
Et pour rendre à iamais leurs estats triumphans,
Lors qu'ils furent meurtris à cinquante sept ans,

F

Difposez de partir dans quatre ou cinq iournées,
Pour ioindre au rendez-vous leurs trouppes ordonnées,
Où defia l'on voyoit marcher de touttes pars
Les Aigles, les Drapeaux, & les grands Eftendars,
A la terreur defquels toutte haute puiffance
Eftoit prefte à cedder & rendre obeiffance:
Cefar laiffa Augufte en fa minorité
Qui eut tant de courage & tant d'authorité,
Qu'il fift perir de fer, de rage, & de mifere
Ceux qui s'eftoyent meflez du meurtre de fon Pere.
Puis ayant furmonté les Princes & les Rois,
Dompté les nations, & fait valloir fes lois,
Il regit l'vniuers auec tant de prudence,
Qu'en fon temps l'Eternel voullut prendre naiffance.
Henry nous a laiffé fon fils encor mineur,
Lequel tout plein d'efprit, de vertu, de bon-heur,
Sera rude aux mefchans, aux benins debonnaire,
Vn iour accomplira les deffeins de fon Pere,
Reftablira les fiens, les Armes, & les Lois,
Et l'antique grandeur de l'Empire François.
Si qu'vniffant en luy la gloire, & la clemence,
Le Siecle d'or prendra foubs fon regne naiffance.

FIN.

PARALLELA
CÆSARIS ET HENRICI
MAGNI

AR inſigne ducum, quos de tot millibus, ardens
Prodidit æternæ virtus in ſæcula fama,
Terrarum domini, digniſſima nomina cœlo.
Cæſar & Henricus toto iam vertice ſurgunt.
Sorte datos ſimili raptoſque, vt gloria rerum
Par ſtatus, & paribus iungit victoria fatis,
Sic vno poterit committere pagina textu.
Fortunam Cæſar meritis ingentibus æquat.
Henricus virtute duces ſupereminet omnes.
Rebus inauditis decorat ſua tempora Cæſar.
Henrici tot facta, tot & miracula credas.
Imperium nullis fundare in ſæcula metis
Illi ſorte datum eſt & amico numine Diuum:
Hunc quoque ſæpe Deus violento ex hoſte recepit
Victor vt æternum faceret tibi (Francia) regnum.

A

Cæsar ab Aenea se fert & origine Martis.
Henricus se Troiano de sanguine cretum.
Ille inter septem colles euagijt infans
Uiribus ægra suis cùm iam prope Roma periret.
Editus hic subter iuga formidanda Pyrenes
Mox vidit flammas & operta tumescere bella.
Inter adhuc cunas, illi conuulsa moueri
Publica res visa & pessum status ire Quiritum.
Huic artes iamiam puero patuere dolique
Qui reges regni & formam mutare parabant.
Fœdere connubij Cæsar se partibus addit
Quarum opibus proprijs sperat munimina fatis.
Se consanguineis Henricus regibus, olim
Debebat vacuæ quorum succedere sedi.
A teneris Cæsar solitus perferre labores
Nullius impatiens operis. non milite vixit
Mollius Henricus puer, & iam prælia celsis
Concipiens animis, niuibus durauit & æstu.
Per medias strages, per aperta pericula, perque
Naufragia inuicto crescebat pectore Cæsar.
Et labor, & sæui semper discrimina Martis
Henrico lusus fuerant, & certa voluptas.
Nil dubios rerum casus horrebat vterque.
Ambobus pater & patrui & carißima mater
Inter ciuilis periêre incendia flammæ.
Accisis paßim rebus dubiufque salutis
Bithinum fugit ad regem trans æquora Cæsar.
Partibus Henricus fractis ad saxa Pyrenes.

Seruauit vitam Cæsar bis compede lapsus,
Et libertatem, fugiens Henricus, ademptam.
Cæsaris affines, & opes, & robora, clades
Quattuor hauserunt, altoque potentia tanta
Exitio ruitura fuit, nisi Cæsaris arma
Spes instaurassent lapsas, animosque dedissent.
Et quater Henricus aduerso Marte propinquos
Vidit prostratos, socios, nomenque, domumque
Afflictam, nihil in meritis aut sanguine quicquam
Esse super, nisi naufragij clauum ipse teneret.
Cæsar & Henricus perruptas sæpe phalanges
Disiectasque acies & profligata suorum
Agmina restituere manu, cum signa maniplis
Eriperent, turmisque suas fugientibus hastas
Vnde etiam victis reuocata in pectora virtus
Fortunaque retro victor mutante refugit.
Delectus dux Cæsar adhuc florente iuuenta
Castrorum imperio iustis & præfuit armis.
Partibus Henricus dux est ascitus & auspex
Quattuor vt teneri vix lustra peregerat æui.
Arma in se generum Cæsar, generique clientes
Et sobolem totam iurata cap.ssere vidit.
Henricus sibi cognatos insurgere, socrum
Et patruum, rerum violato fœdere sensit.
Connubia, ingrati, sacra, festáque, mille procellis
Cæsareum petiere caput, lethumque pararunt.
Henrico sacra, festa, ingrati, Hymenæus, amores
Lætos abrupêre dies, mortemque dederunt.

Cæsar in Hispanis adijt discrimina terris,
Fortuna nusquam mage conflictatus iniqua.
Semper & infensos Henricus sensit Iberos.
Ambitus atque odium magnatum arteque dolique
In caput armarunt iratam Cæsaris Vrbem.
Henricus sic est odijs agitatus acerbis
Viderit vt patriam infestam regemque propinquum.
Imperium Cæsar, dum spernit inania rerum,
Possedit solidum & certos est nactus honores.
Henricus spreuit promissa ingentia, queis aut
Pernicies animæ aut decoris iactura subesset.
Cæsar erat præsens hosti metuendus, at eius
Legati plerumque ingentia damna tulere.
Henricus nusquam nisi victor ab hoste recessit,
Illius at causam clades non vna secutis.
Te Labiene ducem magnum per Gallica bella
Formauit Cæsar, quem nullo es iure perôsus;
Inter & arma virum Henricus formauerat armis
Egregium, ni mox cæca ambitione perisset.
Impiger & prudens & iuxtâ fortis vterque.
Obtulit ille suis pacem hostibus, iste negauit
Hanc nunquam patriæ, plebis tulit ille fauorem
Hic regis meruit cui mox succederet hæres.
Pontes atque vias ille instaurauit, at iste
Magnifico Francis perfecit talia sumptu.
Carnutes, Hedui, se Bellouacique minante
Cæsare, depositis permittunt ocyus armis.
Nannetes, Blauium, Sedanum, fax vltima belli

Henrico

Henrici adspectu ad lacrymas fugêre precesque.
Vxelodunenses, Biturix, & Alexia, famam
Cæsareis armis & nomina magna dedêre.
Carnutes, Laudunum, Amiani, Fera, Drocumque
Henrico auspicijs decus adiêcere secundis.
Nec bello nec pace ullam concoxit uterque
Vindictã. Aegyptus, Thapsus, Pharsalia, Munda
Fecerunt victrici acie, pugnisque cruentis
Ire triumphatum sub leges Cæsaris orbem.
Cotrasium, Ibriacælaurus, SaueuZia & Arquæ
Henrico Francos, & Fràncica sceptra dederunt.
Fortunas, vitam, cunctos & Cæsar honores
Reddidit ingratis per quos est inde peremptus.
Henricus plures meritis deuinxit; adeptum,
Qui decus ingenijs huic inuidêre malignis.
Pharnaces, Aegypto dum credit posse teneri
Cæsaris arma diu, legiones cædit, & amens
Cappadocum gentem vicinasque occupat oras:
Dumque putat Pontũ Armeniæ, & Bithinica rura
Iungere, Cæsar adest, venit, & videt, undique vincit
Atque die sexto regem hunc sibi subdit inanem.
Emanuel, ratus in medio se posse tumultu
Gallorum, proprijs Phocæos addere tractus:
Iamque Salassorum potiens Delphinica regna
Somniat, & circum gentem spe deuorat omnem:
Pacatis demum rebus confũgit ad artes
Et retinere astu voluit, quod Marte nequibat:
Sed mox adueniens Henricus vicit, & urbes

Allobrogum cepit gemina vix tempore Luna.
Praeterea qui vult artes ediscere belli,
Ordine quo ducenda cohors, vbi castra locanda,
Aggere qui fossaue latus munire, vel hostem
Conueniat vitare, lacessere, praelia forti
Conseruisse manu, paulatim accedere, leges
Ponere militibus, hostem consumere cura
Peruigili, atque fame, terrore, sitique, dolisque,
Nullius impatiens discriminis atque laboris
Caesaris insistat solers vestigia primi.
Illius exemplo sese conformet, & astus
Consiliumque imitetur, vt alti flumina Rheni
Atque procul positos penetrauerit vsque Britannos
Ruspinamque & Iberum, vt sit cunctatus, vt hosti
Germano congressus, vt & munimina fecit
Axona quâ Sabisque fluunt, vbi Neruius arua
Et Morinus colit, atque Ducis cognomine sylua
Asparagumque Apsusque & Phocaea colonia, & orae
Armorica Veneti, Biturix, & Alexia, Brunda,
Corfinium, Pharia, Graiaque, ac littoris vrbes
Ausonij Illyricique, quot & Pharsalica castris
In loca peruenit, quibus hîc stationibus vsus.
Ponat & ante oculos Henricum eiusque trophaea,
Virtutes animumque & facta fidemque sequatur:
Progressus, artes, indefessumque laborem:
Vt multas astu, plures vi ceperit vrbes,
Sammilium, Broagum, Cadurcos atque Niortum
Atque alias quas Pictonicis assurgere campis

Cernimus, & pingues vbi pandit Neustria glebas:
Breßiaque exiguis nuper mutata Salaßis,
Sequaniciue colunt Belgæ, vt dein larga Garumnæ
Flumina, & ingentes in equo tranauerit amnes:
Vt tempestiuum obseßis summiserit audax
Auxilium, & tuto remearit castra receptu.
Hos pariter primis ambos miretur ab annis.
Non illis alius princeps, aliusue monarcha
Terrarum dominus certamina plura peregit,
Non miles quisquam plures numerare labores
Euentusue queat, deiectas sæpius arces
Sæpius audaci commiſſáue prælia dextrâ.
Siue repellendus fuit hostis, siue petendus.
Scribentur plenis hîc iusta volumina chartis
Narranti quoties tanti, loca commoda castris
Quæsiuere duces, aut metatá aggere longo
Munierint, quoties pulsarit machina muros:
Cum sit nulla dies multos elapsa per annos
Quin ductæ ambobus fuerint ad bella cohortes.
Cæsar vbi multos reges & regna subegit,
Pangere fœlicem cupiebat pacis oliuam.
Hostibus Henricus prostratis victor, vbique
Arua coli, atque bonas artes florere iubebat,
Exitus at tragicus sors & crudelis vtrumque
Sustulit. In partes varias diuisa colebat
Gallia, delatas eius cum cepit habenas
A patribus Cæsar, nihil in commune gerebat,
Rectores vrbs quæque suos, prouincia quæque

Disiunctos habuit, peregrinæ huc vndique gentes
Ad prædam, rerum facie inuitante coibant.
Principio Cæsar castris prætendere vallum
Cœpit, & Heluetios immani mole ruentes
Et Germanorum motus speculatus, vtrosque
Contudit, & fractos rem desperare coëgit.
Sic cum cœlitibus visum est, imponere Francis
Henricum regum decus immortale, duello
Vicinæ ruptis inter se legibus vrbes
Ardebant, flammæ & strages atque horror vbique.
Quinetiam veluti perituro principe, gentes
Externæ regnum in prædam sortemque trahebant.
Tunc vrbs cuncta suos regioque est passa Tyrannos.
At rerum aduersis Rex immersabilis vndis
Munÿt aggeribus sese, primosque minantum
Elusit motus coniuratosque furores.
Mox vbi prostratos disiecto milite fudit,
Concußit que tuos terrore Lutetia muros,
Fulminis in morem gentes irrupit & vrbes
Et coniuratis late abstulit oppida castris.
Cæsaris Henricique istis succeßibus vnam
Adscribas causam, mores vtriusque benignos
Virtutesque animi, desudatosque labores.
At sese in partem fortuna sequentibus offert,
Quòd res compositæ, quòd tempestatibus aura
Lenior accedens sæuas placauerit iras
Reddideritque animos hominum & certantia paßim
Obsequia. Ingentem sibi conciliauit amorem

Aequa

Aequa petens Cæsar, gentefque recepit & vrbes
Factio quas odijs in eum flammarat acerbis.
Quippe fecuta fidem mox Gallia, Corficus vndis
Sardus & in medijs, Siculus dein proximus, omnes
Aufoniæ gentes, aliæ trans æquora multæ
Græcia quas nouit, Cilicefque & tractus Orontis
Eoâ perfufus aqua, quas Bætica latè
Afpicit, in noftris Heduique & Lingones oris.
Vicit enim totum clementia Cæfaris orbem.
Sic Henrice tibi pro conditionibus æquis,
Iuftitiâque tua caufa permota, verendis
Francia procubuit genibus, Campania, Neuftri
Et vicina truci nimium Picardia Belgæ,
Lugdunum, Meldæ, Biturix, Aurelia, Narbo,
Diuio, Parrisij, Trecæ, quas vndique claudit
Oceanus, medias aut perlabentia terras
Aequora, Aquitani quas alluit vnda Garumna
Aut Ligeris Rhodanique, fluens quas Matrona lâbit
Et Somona Oceani dum rectus in oftia fertur:
Et quascumque finu medio complectitur ingens
Gallia, fluminibus procul & procul Amphitrite
Oratum mifere fuos, pacemque tulere.
Cæfar & Henricus factis fuper æthera noti
Ante alios reges, etiam Mauorte timendos
Formauere duces, necnon docuere fub armis
Tironem excubijs duroque affuefcere Marti.
Cæfaris accedit decori, quod Galba Veragros
Geffit in aduerfos. Henrici adiungitur actis

Quicquid in Orthesios est Mongomerius ausus
Induciomarum Labienus contudit illi.
Huic ad Lussonium pugna Lanouius acri
Sanstephanusque merent. illi quæ gesta Sabino
Dantur in Aulercos. huic quicquid Pictonas inter
Sustinuit proauûm dignus virtute Rohanus.
Accedunt illi quæ Crassus iunior olim
Perfecit, celsis infert dùm bella Vocontis.
Huic quod & in trepidos Comites egere Vocontos
Quattuor. In laudes Labienus Cæsaris addit
Parrisÿs & Melduni fœliciter acta,
Massilia & quæ tu geris obsidione Treboni.
Quod Messala suis semper clarissimus actis
Fusius aut fractas seruans virtute cohortes
Aut Piso cunctis solitus se offerre periclis
Aemula vel dudum Varene & Pulsio corda
Quicquid & obsessa mirum fecere Salonæ.
In Cirtham Afrorum atque alias quod Sentius vrbes
Curio quod sudore madens & sanguine, victor
Haud dubie, victus nunquam sine fraude futurus.
Crastinus inque tuis quicquid Pharsalia campis.
Et dum Sulpitius Catalaunos protegit armis.
Henrici canitur, quicquid Mombrunius egit
Gordius aut pugnax, vel in ipsa Bonnius Alpe
Vel Roësus Liberone, per Allobrogesque Valetta.
Quicquid Cotrasy Vnellisque Suessio princeps.
Coliniusue canens tutos post arma receptus,
Ornanusque adiens sibi magna Henrice pericla,

Rosnius & plagis corpus confossus honestis
Inclususque Quilebouÿ Belagardius vndâ
Et Longauilla haud vno certamine victor,
Condæusque aliud fulmen, quem Iarnaca tellus
Et Druydæ videre capi, captumque necari:
Quodque fugæ Andelotus vir nescius atque timoris
Et quod Campanæ rector Niuernius oræ.
Quicquid Chambasius, Castillio, Pila, Cubernes,
Uiuantus, Ventadurius per rura Tholosæ
Et Mimatûm, quod Ediguerius dum vicit Amedeũ,
Quod bellum ad montem Bullonius agmina fundens
Amblisÿ, & Randane tibi Curtonus adempta
Victor ouans præda, quod magna strage Ioëusæ
Ad Villamurium Theminius, atque Guierchi
Rupiposus domitor, vel terror Crequius ingens
Allobrogum, paribusque micans Pasquerius armis.
Quodque in Mercuriũ Daumontius, inque pauentes
Domianni turmas, quod vel Bironus in hostem
Mille locis, dum Dompetrum fugat atque Tauanũ
Cumque Esguillonio Contreram: quodque Sabaudis
Rosnius in campis, necnon Ediguerius vrbes
Dũ capiunt montem Melium & tua sancte Michael
Moenia cum Carboneria, loca Cunque fluentum.
Quodque iterum regno dum tantùm Sullius auri
Congerit armorumque, & tantum pulueris atri
In tormenta parat, tam multa cibaria condit
Francus vt externis esset metuendus in oris.
Iamque in Luctorios Fabÿ gesta atque Caninî.

Oppida quæ Bruto quæque expugnata Valero
Cæfaris accrefcunt palmis, quod Sylla peregit
Iunior in Magnum, Ciceroue vbi preffus ab hoste
Cæfaris vrgebat reditum, quod rurfus in Andes
Pictonicofque Fabi geßisti, aut æquora fulcans
Euphranor, tuque Vnellis vallate Sabine.
Quod Mithridates Ægyptum dum territat armis
Aut Carfulenius Ptolomæi in mollia castra
Quod Pifo, quod vel Lepidus cui Cæfar honorem
Dictator debet, quodque aut Antonius, aut tu
Cornifici quæstor, quorum virtute timendus
Extulit augustum caput, vt iam Cæfaris impar
Subijceret fafces apici conterritus orbis.
Romani imperij moles, difcordia patrum
Et plebis, media tot reges fecerat vrbe
Quot prius externis regno fpoliauerat oris.
Nec iam Roma fui compos, nec iura fuperbis
Plebs vltrà poterat dare ciuibus: vnius astra
Subijcere imperio gentem statuere ferocem
Legeruntque ducem de tot modo ciuibus illum
Quem Diuum genus & virtus fisper astra ferebat.
Otia, ciuiles motus, infantia regum
Perdiderant fic te lacero iam Francia regno
Vt fpes nulla foret, fpreti moderamine regis
Lilia in antiquum reuirefere poffe nitorem.
Numina confufis tunc profpicientia rebus
Ecce repurgato statuunt imponere regno
Selectum de tot ducibus, cui plurima laurus

Parta

Parta manu, quem dijs chari de semine regis
Progenitum, rerum tantarum euenta manebant.
Iamque potens rerum Cæsar non vltor acerbus
Incubuit cuiquam, cunctos bonitate merendo,
Ciuibus exegit clemens, & comis amicis.
Henricus parto per plurima vulnera regno,
Mitis erat summis pariter regnator & imis,
Iustitiæ custos rigidus fautorque bonorum,
Non vindicta memor occulti fraude veneni
Grassata est, nulloque fides violata cruore.
Fortuna Cæsar non vsus vbique fauenti.
Fortunam Henricus plerumque expertus iniquam.
Castra videt Cæsar direpta ad flumina Sabis.
Exuitur pariter castris Henricus ad Heruas.
Amisit Cottam Cæsar validasque cohortes.
Bassaci Henricus patruum totasque phalanges.
Gergouiæ Cæsar muris abscessit inanis.
Henricus Pictos alio reuocatus omisit.
Et vidit sibi magnates insurgere Cæsar.
Henricus sibi primores obsistere regni.
Et Cæsar patrum decreto dicitur hostis.
Hostis & Henricus tota est iactatus ab aula.
Illum proscribunt Romani & Consul vterque.
Hunc Capitolini iaculantur fulmina patris.
Cæsaris aduersus nomen Roma induit arma.
In caput Henrici molitur plurima Roma.
Ambitione duces tres Gadibus omnia perdunt,
Discordes atra inuidia stimulisque malignis.

Dorlani totidem fusi, quorum occidit vnus.
Nicopolis præceps Caluinus cæditur vrbe.
Craone fugæ exitioque dati sunt præpete ductu.
Ingentem Cæsar signat tibi Bragada cladem.
Et Germanorum Henrico fert Daunia stragem.
Dyrrachij Cæsar dum confidentius hosti
Ingruit, aduerso Martis prope concidit ictu.
Aumalij Henricus validum dum negligit hostem
Pene repentino perijt certaminis æstu.
Massiliam Domiti capis, Arnantelle Amianam.
Cæsaris extremâ sunt summa pericula Mundâ.
Henrici extrema sunt summa pericula pugnæ.
Neuter at aduersis infracto pectore rebus
Succubuit. Statuas inimici a plebe reuulsas
Restituens Cæsar nomen sibi clarius affert.
Henricus delens aliena opprobria famæ
Laude noua vehitur cunctis sublimior astris.
Ambo igitur post tot benefacta ingentia, ciues
Conciliasse rati, cunctis iamiamque salutem
Esse suam cordi, quò sese illustrior effert
Illorum virtus, minus hoc sensere litatum
Inuidiæ, inque dies magis implacabile virus.
Impatiens Cæsar lento torpere veterno
Post mitis documenta animi, post edita sumptu
Ludicra magnifico, & largis conuiuia mensis,
Muneraque in plebem dispersa, & reddita forti
Præmia militiæ, delinitumque Senatum.
Post erecta trophæa, suos & honoribus auctos,

Atque triumphatum noua per spectacula mundum,
Pacatosque animos, veterisque silentia noxæ
Inducta, & cunctis obliuia iussa querelis:
Iamque animo cœpit maiora agitare sagaci
Metiri ad cursum fastos & tempora Solis
Tollereque immodicum fœnus, præcidere lites
Gradiuo templum sacrare, ingentia plenis
Bibliothecarum componere pulpita libris,
Luxuriæ dapibusque suos præscribere fines,
Et pontes reparare, viasque insternere saxis,
Et Terracinæ iunctas siccare paludes,
Fucinique lacus vndas emittere putres,
Et maria effossis coniungere faucibus Isthmi,
Moliri bellum in Parthos, inuictaque regna
Arsacidûm, veteresque nouis cumulare triumphos:
Imperium vt Tanai sibi finiretur ad Arcton
Auroram at versus Mæotide, Caspia claustra
Atque pharetratos quà lambunt æquora Persas.
Sic maria atque altos cupiens prætendere montes
Imperio, & cunctis præstare immune periclis:
Non potuit tantis crudelia pectora rebus
Flectere, quæ sæui flagrantia peste veneni
Turgidaque inuidia, tantis clarescere Romam
Non potuere pati factis, & Cæsare tolli:
Nam tres & viginti odio rabieque furentes
Quos opibus magnis, quos & cumularat honore,
In medio tantum regem patremque senatu
Confodêre truces, nudum & nil tale timentem.

At superi vltores ferro flammaque cruentam
Consumpsere diu gentem, populique rebelles
Viderunt patrio manantes sanguine riuos :
Quemque recusarant dominum, vidêre deorum
Adscriptum numero, & luxerunt lumine cassum.
Henricus cui non quisquam virtute secundus,
Sparsa per immensas cuius miracula terras
Quamuis externis Francorum colla catenis
Libera reddiderat, naturæ signa benignæ,
Maxima præbuerat, regnumque impleuerat omni
Lætitia, largas intràque & sparserat extrà
Diuitias, virtute, armis, & legibus ingens
Fuderat in cunctas decus indelebile gentes.
Post extincta etiam ciuilis femina belli
Postque sibi cunctos vni parêre coactos :
Iamque opportunam ventura in tempora laudis
Materiam nactus, moderari larga volebat
Fœnora, mensarum luxum compescere, lites
Tollere crescentes, metiri Sole sequentum
Annorum spatium, Graiumque Italumque vetustos
Bibliothecarum pluteis conquirere libros
Hucque professores magnis accersere donis,
Pontes instaurare, vias insternere saxo,
Exsiccare lacus, geminum mare iungere, sectis
Montibus, inque vnum transire canalibus amnem
Magna opera iussis, sic vt mirabilis esset
Author & in seros extaret fama nepotes.
Ergo ostendisset bello se posse superbum

Si vellet

Si vellet superare hostem, quem Gallia rebus
Insultare suis, odio quasi sensit auito:
Reddere detractas è regni corpore gentes,
Et priscos fines, quicquid capit Albis & Ister
Sub leges reuocare suas, ratus ista decori
Consilij cœpta ingentes habitura fauores.
Inferna at mentes impulso Dæmone nobis
Hoc rapuere decus, stygio qui pectora cultro
Confôdit tanti regis: sed rector olympi
Non scelus hoc immane vnquam patietur inultum,
In coniuratos iustum vomet ille furorem,
In veros autem Gallos ancilia mittet
Et torrem nusquam casuri pignora regni.
Cæsari & Henrico vegeto sub corde calebat
Sanguis adhuc, poterantque animis adiungere robur
Imperijsque decus, cum vita ambobus adempta
Vix quinquaginta & septem numerantibus annos.
Quarto castra die moturis, ire videres
Fulgentes aquilas, & signa nitentia passim,
Agmine quadrato toruas incedere turmas,
Concussas latè gentes terrore mouêri,
Viribus & nusquam tantis obstare paratas.
Augustum Cæsar puerili ætate reliquit
Interfectores patris, qui vindice ferro
Per freta perque sequens terras, violenta coëgit
Figere tela sibi, gladioque occumbere eodem
Quem prius insontis tinxissent sanguine patris.
Regibus hinc domitis & gentibus, vndique leges

E

Impofuit mundo, fatifque fauentibus vſus
Vſque adeo, tunc vt ſeſe demiſerit alto,
Hoc regnante, Deus fœcundæ in virginis aluum.
Henricus tenera nobis ætate reliquit
Phœnicem, cui vis animi, natiuáque virtus,
Fatáque propitijs riſerunt candida Parcis.
Ille bonis æquus ſemper, nocuiſque timendus
Perficiet magno quondam ſuſcepta parenti,
Subiectumque premens armis & legibus orbem,
Reſtituet Francæ mox priſtina iura coronæ :
Gloria ſic vnis comes & clementia caſtris
Reddet inaurati fœlicia ſæcula regni.

FINIS.

Ar grace & Priuilege du Roy, il eſt permis à Touſſainct du Bray, Marchand Libraire Iuré à Paris, d'imprimer où faire imprimer, vn liure intitullé, *Paralelles de Ceſar, & de Henry le Grand, en vers François, & Latins,* & deffences ſont faites à tous autres Libraires & Imprimeurs de ce Royaume, de les imprimer où faire imprimer, ſans le congé & conſentement dudict du Bray, pendant le temps & terme de ſix ans entiers & accomplis, ſur peine de confiſcation deſdits liures, & exemplaires contrefaicts, & d'amande arbitraire enuers ledit du Bray, & de tous ſes deſpens dommages & intherefts, ainſi que plus amplement eſt contenu & declaré és lettres dudit Priuilege. Donné à Paris ce ſeptieſme iour de Ianuier, mil ſix cens quinze.

Par le Roy en ſon Conſeil.

Signé,

LAFFEMAS.

www.ingramcontent.com/pod-product-compliance
Lightning Source LLC
Chambersburg PA
CBHW060846180626
46818CB00004B/1605